NEUE

WELTORDNUNG

WELTSTAAT

Mehmet Kılıç

Ich möchte mich bei meiner lieben Freundin Waltraud Fuchs für ihre wertvolle Korrekturhilfe herzlich bedanken.

NEUE

WELTORDNUNG

WELTSTAAT

Mehmet Kılıç

Mehmet Kılıç
Neue Weltordnung
Weltstaat
1. Auflage

Mehmet Kılıç
Bretzenheimer Str. 63
55545 Bad Kreuznach / Almanya
Tel.: 0040 (0) 0671 44009
E-Mail: lwn.mtp@gmx.de
Internet: www.mehmetkilic.com
Herstellung und Verlag:
BoD – Books on Demand, Norderstedt

ISBN 978-3-7504-4419-5

Liebe Leser,

ein deutsches Sprichwort sagt, „Wo die Pflicht verlangt zu sprechen, da ist Schweigen ein Verbrechen."

Wir haben den Ast, auf dem wir alle sitzen, schon ein ordentliches Stück weit abgesägt. Wenn wir stürzen, stürzen nicht nur wir sieben Milliarden, sondern gemeinsam mit uns, unsere Katzen und Rosen. Und was für ein Sturz!
Als ob ein gemeinsames, menschliches, friedliches Miteinanderleben auf einem grünen Ast etwas ganz Schlimmes wäre, bekämpfen wir uns seit tausenden von Jahren!
Warum tun wir das? Was suchen wir? Suchen wir etwa unser Glück? Unser Glück in unserem Vorteil, im Geld, im Eigentum, in der Macht zu suchen, ist eine wahre Sinnlosigkeit!
Was wir suchen, das sind wir selbst! Das ist uns wohl nicht bewusst! Wir müssen zu uns kommen, uns selbst finden. Wir sind uns so nah! Wir sind in uns selbst. Unser Glück beginnt in uns und endet dort.
Wenn wir auf der einen Seite den Ast absägen, auf dem wir sitzen, und auf der anderen Seite uns gegenseitig so weiter bekämpfen, muss ich sagen, wird uns diese Sinnlosigkeit zu einem endgültigen Ende führen!
Unser endgültiges Ende werden wir entweder durch gegenseitiges Ausrotten auf dem Ast erleben, oder durch vorheriges vollständiges Absägen des Astes. In beiden Fällen werden wir so vom Ast stürzen, dass wir unseren allerletzten Atemzug in einem noch nie erlebten Geschrei, als allerletzte Opfer der Sinnlosigkeit und des Wahnsinns, erleben, ohne einmal in die Geschichte eingehen zu können.
Das dürfen wir nicht zulassen! Das werden wir auch nicht!
Zuerst werden wir uns selbst finden! Dann werden wir alle Sinnlosigkeiten beenden! Dann werden wir alle gemeinsam „Eine Welt für alle" errichten!

Mehmet Kılıç

DIESES GESELLSCHAFTSSYSTEM
KANN NICHT FORTGESETZT WERDEN

Unsere Beobachtungen und die Meinungen der Wissenschaftler weisen darauf hin, dass das Leben auf unserer Erde mit einer ernsthaften Beendigung konfrontiert ist.

Wie traurig wäre es, wenn das nach dem Urknall entstandene Universum, die Welt und das Leben darauf entweder durch den **"WAHNSINN"** oder durch das **"BITTERE ENDE"** oder durch beides gemeinsam zu Ende gehen würde.

Begründung:

- Von der inneren Welt des Menschen beginnend verschwindet das soziale Friedens- und Sicherheitsgefühl, sowohl für Einzelne als auch für Gesellschaften, schwindelerregend: **WAHNSINN**!
- Die Lebensexistenzbedingungen aller Lebewesen werden mit rasantem Tempo zerstört: **BITTERES ENDE!**

Ursachen der Gründe

Die Ursachen der Gründe liegen in der heutigen Weltordnung.

Die bestehende Weltordnung zwingt die Menschen und die Gesellschaften ununterbrochen zu einem Wettlauf; zu gewinnen; immer reicher, immer stärker zu werden und immer mehr zu beherrschen.

Die entstehende Begierde zum immer zu besiegen und zu beherrschen, wird so angefeuert, dass schlimmere Folgen wie endlose Kriege, Ausbeutung, Armut usw. entstehen: Das ist ein **"WAHNSINN"**!

Das System verursacht gleichzeitig, das gemeinsame Zuhause von allen Lebewesen und die damit gebotenen Lebensexistenxbedingungen zu zerstören und bereitet so das **"BITTERE ENDE!"**

Weitere Folgen der Ursachen

- Das System ruft ständig Spannungen zwischen Einzelnen, Gesellschaften und Staaten hervor. Die Spannungen führen zu Polarisationen. Die Polarisationen führen zu Auseinandersetzungen mit Gewaltanwendung und zu den endlosen Kriegen.
- Die Kriege bringen der Menschheit irreperable Verluste, Leid und Schmerz, Armut…
- Die Menschheit leidet seit tausenden Jahren unter den Missständen wie Flucht, Menschenhandel, Sexsklaverei, Obdachlosigkeit etc.; sie verliert Blut; ist müde und erschöpft.
- Der Meschenverstand ist zum Mittel für die Maximierung der persönlichen und kollektiven Vorteile geworden; universelle menschliche Werte und das gemeinsame Glück der Menschheit sind aus der Tagesordnung verschwunden.
- Beim Umgang zwischen Personen und Gesellschaften wird die Anwendung der mit dem Menschenverstand nicht zu vereinbarenden Methoden wie Unterdrückung, Ausbeutung und Versklavung ect. legitimiert und legalisiert.
- Die Menschenwürde wird durch Behandlungen wie Entmündigung, Ausgrenzung, Erniedrigung, Strafe, Einsperren, Folter etc. verletzt und mit Füßen getreten.
- Das Recht und Rechtswesen wurde von herrschenden Kräften vereinnahmt und hat seine universelle Bedeutung verloren.
- Der Mensch entfernt sich ständig von sich selbst und von seinen eigenen Werten. So wird er sich selbst immer fremder; er lebt mit sich selbst in Widerspruch, ja er führt sogar einen Kampf gegen sich selbst.
- Einzelne und Gesellschaften sind besorgt um ihre Zukunft.

- Die Lebensfreude, die das natürliche Bedürfnis und das Recht des Menschen ist, hat ihren Platz an Pessimismus, Unsicherheit und psychologische Störungen verloren.
- Die Grundlebensbedingungen wie Luft, Wasser und Boden werden zerstört, das einzige Gemeinschaftszuhause der Menschheit, die Mutter Natur, wird rasend in eine Situation versetzt, in der bald kein Lebewesen mehr leben kann. Somit wird das Ende des Lebens auf unserer Erde vorbereitet.

Aus den Folgen entstehen folgende Feststellungen

1. Das herrschende Gesellschaftssystem steht mit dem Menschenverstand in Widerspruch.
2. Von der Geisteshaltung, die die Menschenenergie durch Arbeit und Anstrengung in Geld, Gewinn und Macht verwandelt, kann nicht erwartet werden, das Glück der Menschheit zu sichern.
3. Von der gleichen Mentalität kann auch nicht erwartet werden, dass sie den Missbrauch des Gemeinschaftszuhauses der Menschheit verhindert, die Zerstörung der Lebensexistenzbedingungen beendet und eine nachhaltige Sicherung herbeiführt.
4. Die Menschheit ist unglücklich! Die Gefahr ist furchterregend! Der WAHNSINN wird von Tag zu Tag wahnsinniger! Das BITTERE ENDE nähert sich rasend. Es gibt keine Zeit mehr zu verlieren!
5. Über diese Situation ist weder eine Person, noch eine Nation, noch ein Staat alleine verantwortlich. Die Verantwortung dafür trägt die herrschende Weltordnung.

6. Kein Mensch darf weder vor diesem WAHNSINN noch vor dem sich rasend nähernden BITTEREN ENDE die Augen verschließen!

7. Die einzige Macht, die den WAHNSINN stoppen und das BITTERE ENDE verhindern kann, ist die Menschheit selbst.

ERGEBNIS

Dieser **WAHNSINN** ist nicht mehr auszuhalten! Er muss sobald wie möglich gestoppt werden. Das Ende des Weges, den das System verfolgt, ist das **BITTERE ENDE**! Das muss verhindert werden.

Dieses Gesellschaftssystem, diese Weltordnung kann und darf nicht mehr fortgesetzt werden.

Um den **WAHNSINN** zu stoppen und das **BITTERE ENDE** zu verhindern, schlage ich vor:

DIE NEUE WELTORDNUNG

Die neue Weltordnung ist ein gesellschaftliches Lebensmodell, das auf der Philosophie Einheit-Ganzheit basiert und den Frieden und das Glück der Menschheit so wie den Schutz der Mutter Natur nachhaltig sichern wird.

Teil I
WIE WIRD
DIE NEUE WELTORDNUNG AUSSEHEN

Die neue Weltordnung wird von zwei Grundsäulen gestützt, die sich gegenseitig ergänzen, ernähren und stärken:

- Die Philosophie Einheit-Ganzheit
- Das neue Erziehungs- und Bildungssytem

Säule I
DIE PHILOSOPHIE EINHEIT-GANZHEIT

DAS UNIVERSUM UND EINHEIT-GANZHEIT

Das Universum bildet gemeinsam mit seinen unzähligen Sternen, Sterngruppen und Galaxien, die in sich eigene Einheiten und Ganzheiten bilden, eine Einheit-Ganzheit.

Die Milchstraße bildet als das unverzichtbare Teil des Universums eine für Menschen besondere Einheit-Ganzheit.

Das Sonnensystem bildet als ein untrennbares, unvezichtbares Teil der Milchstraße eine Einheit-Ganzheit.

Die Erde als ein untrennbares Teil des Sonnensystems ist eine Einheit-Ganzheit.

Die Lebewesenwelt als ein untrennbares Teil der Erde ist eine Einheit-Ganzheit.

Die Menschheit als ein untrennbares Teil der Lebewesenwelt ist eine Einheit-Ganzheit.

INDIVIDUUM UND EINHEIT-GANZHEIT

Das Individuum, das wir "Mensch" nennen, verkörpert mit seinem ganzen Wesen eine Einheit-Ganzheit und ist ein unverzichtbares Teil der Menschheit.

Jeder Mensch ist anders als der andere; hat andere physikalische, biologische und psychologische Eigenschaften. Er hat andere Begabungen, Kompetenzen, Interessen, Wünsche und Träume.

Das Individuum gestaltet und führt sein persönliches Leben im Rahmen seiner persönlichen Eigenschaften (heute eher im Rahmen seiner Möglichkeiten!)

Der Menschenkörper besteht aus Organen. Jedes Organ bildet seine eigene Einheit-Ganzheit.

Jedes Organ hat einen anderen Aufbau, eine andere Form, eine andere Aufgabe und Funktion als andere und funktioniert unabhängig von anderen.

Das Auge zum Beispiel ist ein Organ mit unterschiedlichen Teilen, die unterschiedliche Eigenschaften und Funktionen haben; seine Aufgabe ist das Sehen und bildet in sich seine Einheit und Ganzheit.

Die Organe sind im ständigen Kontakt miteinander - in Wechselwirkung.

Falls eines der Organe fehlt oder funktionsunfähig ist, ist die körperliche Ganzheit nicht gegeben und die Einheit nicht vollständig. Beispielsweise, wenn an einem Körper ein Auge blind ist, ist die körperliche Ganzheit unvollständig.

Falls das eine der Organe aus der körperlichen Ganzheit getrennt wird, führt das zum Ende seines Lebens, zu seinem Tod. Also das Organ, welches aus der körperlichen Einheit-Ganzheit heraus genommen wird, kann alleine nicht leben, genau wie, wenn eine Zelle aus einem Organ getrennt wird, nicht selbstständig alleine leben kann, und bald stirbt.

Ein Mensch kann nur als ein Körper, als ein Individuum funktionieren und sein Leben führen, indem alle seine Organe in einer harmonischen Zusammenwirkung ihre Aufgabe erfüllen.

Ein Bild

Ali sitzt in der Küche. Plötzlich spürt er einen Geruch in seiner Nase. Er stellt fest, dass dieser Geruch Brandgeruch ist. Er dreht seinen Kopf zum Herd. Was sieht er? Auf dem Herd brennt ein Stück Zeitung. Daraufhin springt Ali auf, rennt zum Herd und löscht die Flammen.

Nun schauen wir gemeinsam: Das Organ, das den Geruch riecht, ist Alis Nase. Die Nase besteht aus Teilen und die Teile bestehen aus unzähligen Zellen. Dass das Organ feststellt, dass der Geruch kein Parfümduft ist, sondern Brandgeruch, verdankt er seinem Gehirn.

Das Organ, das die Flammen sieht, ist nicht Alis Magen, es sind seine Augen. Die Organe, die ihn zum Herd tragen, sind nicht seine Hände, sondern seine Füße. Ali löscht die Flammen mit seinen Händen, ist das richtig? Ja, das ist richtig.

Benutzt Ali bei der Löschaktion nur seine Hände? Nein. Nehmen seine Nase, seine Augen und seine Füße an der Löschaktion teil? Ja. Beim Löschen dieses kleinen Brandes findet außer den genannten Organen eine weitere Beteiligung statt? Ja, sie findet statt.

Diese Löschaktion erfolgt in einer harmonischen symbiotischen Handlung aller Fähigkeiten und Kompetenzen des ganzen Körpers, die in manchen Organen besonders deutlich zu erkennen sind.

Wir gehen noch einen Schritt weiter: Wie hätte das Ergebnis ausgesehen, wenn Ali den Brandgeruch als Parfümduft wahrgenommen hätte?

Wie wäre das ausgegangen, wenn Alis Nase gar nicht riechen hätte können? Wie hätte das Ergebnis ausgesehen, wenn Alis Augen den Brand gar nicht hätten sehen können? Wie hätte es ausgesehen, wenn Ali nicht in der Lage wäre, von seinem Platz bis zum Herd gehen zu können, obwohl er die Flammen entdeckt hätte?

Wie hätte es ausgesehen, wenn Alis Hände nicht in der Lage wären, den Brand zu löschen, obwohl er bis zum Herd gegangen wäre?

Haben die Füße von Ali den Brand gelöscht? Nein. Haben ihn seine Augen gelöscht? Nein. Hat seine Nase ihn gelöscht? Nein. Den Brand hat Ali in einer Zusammenwirkung aller Organe und unter der Führung seiner Hände gelöscht.

Das einfache Beipiel zeigt uns, dass ein Körper mit allen seinen Organen eine natürliche Ganzheit darstellt und seine Funktion in dieser Einheit-Ganzheit erfüllt, indem alle Organe gemeinsam und harmonisch agieren bzw. handeln.

Dieses Beispiel können wir gleichzeitig auf alle mögliche Tätigkeiten von einer Person übertragen.

GESELLSCHAFT UND EINHEIT-GANZHEIT

Wie ein Menschenkörper sich aus verschiedenen Organen mit unterschiedlichen Eigenschaften bildet und eine Einheit-Ganzheit darstellt, stellen auch die Gesellschaften aus einzelnen Menschen, die unterschiedliches Aussehen, unterschiedliche Begabungen und Kompetenzen mit verschiedenen Eigenschaften haben, ihre eigene Einheit-Ganzheit dar.

Das Individuum, genau so wie die Organe und Zellen an einem Körper, muss mit allen anderen Mitgliedern dieser Gesellschaft ständig in einer direkten oder indirekten Verbindung und Wechselwirkung stehen.

Es ist unmöglich, dass ein Individuum ohne Verbindung und ohne Wechselwirkung mit anderen Personen der Gesellschaft sein persönliches Leben gestalten und führen kann.

Es ist unmöglich, dass ein Mensch getrennt von der Gesellschaft ganz alleine leben kann.

Das gesellschaftliche Leben beginnt, wenn sich mindestens zwei Menschen wegen einer Sache treffen, die sie in diesem Moment verbindet. Wenn sich zwei Menschen zu einem Thema treffen, spielt es keine Rolle, worum es geht. Es stellt sich aufgrund der persönlichen Eigenschaften, persönlichen

Fähigkeiten und Kompetenzen, eine natürliche Rollen- bzw. Aufgabenverteilung heraus.

Als Beispiel denken wir an eine junge Frau und einen jungen Mann: Wir nehmen an, sie finden sich attraktiv, sie treffen sich, lernen sich kennen und treffen die Entscheidung, ein gemeinsames Leben zu führen. In so einer Situation ist schon zu Beginn bekannt, aufgrund der persönlichen Eigenschaften in bestimmten Lebensbereichen, wer in erster Linie welche Rolle übernimmt.

In anderen Bereichen des Lebens, die für das gemeinsame Leben von Interesse sind, stellt sich mit der Zeit durch näheres Kennelernen heraus, wer, was vorrangig übernimmt. In den Bereichen, in denen die Frau kompetenter ist, wird der Mann die Stellung eines Unterstützers übernehmen. In den Bereichen, in denen der Mann stärker ist, wird die Frau als zweite Person fungieren.

In diesem Sinne könnten zwei Menschen mit unterschiedlichen Eigenschaften gemeinsam ein harmonisches Leben gestalten und führen. Viele Dinge, die sie alleine nicht erledigen könnten, können sie gemeinsam viel leichter, viel schneller und mit viel Spaß meistern.

Dieses junge Paar könnte ihre unterschiedlichen Eigenschaften miteinander verbinden und in einer harmonischen Handlungsweise, als vereinte Kraft, ein glückliches Zusammenleben schaffen und führen.

Dieses gesellschaftliche Kern- Entstehungsprinzip der Einheit-Ganzheit und seine Grundverlaufsform können wir in allen Bereichen des gesellschaftlichen Lebens sehen.

Beginnend von kleinsten Gesellschaftseinheiten im Prozess der Gestaltung und Führung des gesellschaftlichen Lebens gibt es eine Aufgabenverteilung; das muss sein.

Wie, trotz unterschiedlicher Eigenschaften, einander ähnelnde Zellen in einem Menschenkörper zusammentreffen und die Organe bilden, z.B. das Gehirn, das Herz, die Augen, treffen sich die Menschen mit bestimmten aber ähnlichen Eigenschaften in betreffenden "Organen der Gesellschaft".

Mit anderen Worten, sie bilden das betreffende "Organ der Gesellschaft". Während manche Menschen mit kognitivem Schwerpunkt sich Berufen mit eher theoretischem Anteil zuneigen, bevorzugen manch andere eher praxisbezogene Berufsbereiche mit konkreter Handlung.

Während manche sich für Kunst, Musik, Sport interessieren, eignen sich manch andere besser für Astronomie, Geschichte, Medizin, Technologie. Manche bestellen den Boden, manche verarbeiten das Eisen, manche bauen gerne Straßen, manche interessieren sich für Politik, manche beschäftigen sich mit der Wissenschaft und manch andere mit der Gestaltung der Zukunft.

Menschen schlagen den Weg ein, der ihren Fähigkeiten und Interessen entspricht, weil sie sich in diesen Bereichen wohl fühlen und sich mit Erfolg und Spaß beschäftigen. So bilden die Menschen mit ähnlichen Kompetenzen und Interessen gemeinsam "Vertretungsorgane" dieser Lebens-bereiche.

Diese Beipiele, sowohl vom Inhalt als auch vom Umfang her, gelten für alle Bereiche der Gesellschaft und alle Sektoren des Alltages.

Ein Beispiel

Nehmen wir an, eine Familie möchte für sich ein Haus bauen. Kann diese Familie dieses Haus vom Fundament bis zum Dach, von der Innenausstattung bis zur Gartengestaltung ganz alleine, ohne Außenhilfe bauen? Nein. Bräuchte sie Architekten, Ingenieure? Ja.

Um ein Haus zu bauen reichen ein Architekt und ein Ingenieur aus? Nein. Nur die Mauer? Nein. Bräuchte man auch Dachdecker? Ja, natürlich. Bräuchte man Elektriker, einen Wasserinstallateur? Ja, natürlich.

Kurzgesagt, für den Bau eines Hauses bräuchte man aus verschiedenen Berufsgruppen, mit unterschiedlichen Fähigkeiten und Kompetenzen eine Vielzahl von Menschen. Stimmt das? Ja, das stimmt.

Also, das Bauen dieses Hauses wird möglich sein, wenn eine Gruppe von Menschen mit Ahnung vom Hausbauen so zusammenwirken, als ob sie ein einziger Mensch, als ob sie ein einziger Fachmann für alles, als ob sie ein Organ der Gesellschaft wären.

Damit das wirklich ein gutes Haus wird, muss jeder einzelne Mitwirkende seine Arbeit mit einem großen Verantwortungsbewusstsein, in einem harmonischen Zusammenwirken, in einer gesunden Kommunikation und Koordination, in einer gegenseitigen Wechselwirkung mit anderen Beteiligten gekonnt ausführen.

Ist das alles? Nein. Die Arbeit hat noch eine andere Seite, die man von außen nicht sehen kann: Werden diese Mitwirkenden, beispielsweise die Maurer, Bausteine verwenden? Ja, klar. Werden sie selbst die Bausteine herstellen? Nein. Die Bausteine werden woanders, aus verschiedenen Elementen, durch die Mitwirkung vieler anderer Menschen und Maschinen produziert.

Werden die Elektriker ihre Materialien, Kabel, Lampen usw. selbst herstellen? Nein. Kabel und Lampen werden woanders, durch den Einsatz vieler anderer Menschen produziert.

Wir schauen noch etwas tiefer: Sind diejenigen, die die Kabel und Lampen produzieren, ihre Erfinder? Sind die Benutzer der Geräte und Maschinen ihre Erfinder? Nein, natürlich nicht. Um sie zu erfinden, haben sich andere Menschen, in anderen Orten der Welt, wer weiß vor wie langer Zeit schon, den Kopf zerbrochen…

Zusammengefasst, um ein Haus bauen zu können, muss ein Teil der Gesellschaft, der mit diesem Sektor zu tun hat, direkt oder indirekt einen Beitrag leisten, alle Beteiligten müssen integriert werden und harmonisch so zusammenwirken, als ob sie ein einziges Organ, ein einziger Mensch wären.

Das Ganze ist mit der Löschaktion von Ali vergleichbar. Nämlich an der Löschaktion beteiligten sich nicht nur seine

Hände, sondern direkt oder indirekt alle seine Organe, ja sogar sein ganzer Körper.

Die Philosophie Einheit-Ganzheit umfasst alle Gebiete des gesellschaftlichen Lebens; es variiert nur nach dem Inhalt des Handelns bzw. Verfahrens, nach dem Umfang der Beteiligten an der Sache, nach den Eigenschaften der Örtlichkeiten und der Zeit des Handelns bzw. des Verfahrens.

Diese Philosophie erkennen wir an allen gemeinschaftlichen Aktivitäten und Handlungen, die eine Familie, eine Dorfgemeinschaft, Einwohner einer Stadt, Einwohner einer Region, Bürger eines Staates und die ganze Menschheit tangieren.

MENSCHHEIT UND EINHEIT-GANZHEIT

In diesem Teil werden wir das Bewusstsein thematisieren:

In diesem Moment sitze ich an meinem Tisch, denke nach und teile die Zusammenfassung meiner Gedanken mit Ihnen. Immer wieder stehe ich auf und hole mir frischen Tee. Vielleicht auch aus diesem Grund schaue ich einmal auf mein Teeglas und dann wieder auf den Bildschirm meines Laptops.

Oft koche ich mir Tee und genieße ihn sehr, insbesondere, wie gerade jetzt, wenn ich arbeite. Heute ist es auch so. Einen schönen Tee habe ich mir gekocht. Aber das Teekochen ist das vorletzte Glied eines längeren Prozesses.

Während ich aus meinem schönen Glas meinen roten, klaren Tee genieße, denke ich nach; wie hätte ich diesen schönen Tee genießen können, wenn ich dieses wunderschöne Glas nicht hätte? Das Glas habe ich nicht hergestellt.

Den wunderschönen Unterteller habe ich nicht angefertigt. Den eleganten Teelöffel habe ich nicht gemacht. Wer weiß, wer dieses schöne Geschirr, wann, wo und aus welchen Materialien hergestellt hat?

In dem hübschen Städtchen, in dem ich lebe, gibt es Glasereien, aber keine Glasfabrik. Hier wird kein Teegeschirr produziert. Vielleicht wurden sie in einem anderen Staat der Welt hergestellt. Wie hätte ich meinen Tee genießen können, wenn ich dieses schöne Geschirr nicht hätte?

Ich stehe wieder auf, um mir einen frischen Tee einzuschenken. Ich habe zwei kleine Kannen. Wenn ich Tee koche, bleiben die Kannen bis zum Schluss auf dem Herd, damit der Tee immer warm bleibt.

Ich schaue zu und denke nach; womit hätte ich meinen Tee kochen sollen, wenn ich diese Kannen nicht hätte? Sie habe ich nicht angefertigt. Sie müssten auch weit entfernt von hier von Menschen mit großer Mühe angefertigt worden sein, die ich nicht kenne…

Oft habe ich versucht, aber nicht geschafft, den Tee ohne Zucker zu trinken. Als ich mich gerade wieder hinsetzen wollte, wurde ich auf die Zuckerdose aufmerksam. Die Zuckerdose haben mit Sicherheit irgend welche Menschen ganz wo anders angefertig, aber diesen Zucker?

Wie man den Rohstoff für diesen Zucker anbaut, kenne ich aus meiner Kindheit. Damals wurde eine Maschine von Pferden gezogen und die Zuckerrübensamen auf die besonders vorbereiteten Feldern gesät. Die Samen keimten aus der Erde und als sie eine bestimmte Reife erreicht hatten, wurden sie von Menschenhand gehackt.

Als Kind ging ich mit meiner Mutter und den Schwestern zum Zuckerrübenfeld, um gemeinsam mit ihnen zu hacken. Manchmal ging ich alleine, ein Zuckerrübenfeld zu bewässern.

Und manchmal ging ich zur Zuckerrübenernte. Damals wurde diese Arbeit mit einem Gerät, das man in unserer Umgebubg "Dirgen" nannte, ausgeführt.

Wer weiß, wann, in welcher Fabrik und durch wessen Arbeit ist dieser Zucker hergestellt? Wer weiß, wer dafür viel Zeit und Arbeit investiert hat, bis er zu meinem Tisch gelangt ist?

Wo und von wem wurde der Herd hergestellt, wer hat ihn in meiner Küche installiert? Wie hätte ich meinen Tee, meine Suppe kochen können, wenn ich ihn nicht gehabt hätte?

Das Geschirr hätte ich mit der Hand waschen müssen, wenn ich meine Spülmaschine nicht hätte. Und Wasser! An wie vielen Stellen habe ich Wasser in meinem Haus! Bei der Schaffung dieser Möglichkeiten habe ich einen ziemlich kleinen Anteil.

Das sind nur ein paar Beispiele. Von meinem PC beginnend, mit dem ich meine Gedanken verschriftliche, bis zu meinem Tisch, zur Uhr an der Wand, zum Fernseher, zum Stuhl, auf dem ich sitze, fast alles, was ich sehen kann, ist von anderen Menschen hergestellt.

Wenn ich durch das Fenster schaue, was ich da alles sehen kann, ist durch Menschenhand gemacht. Häuser, Straßen, Fahrzeuge, Flugzeuge, alles wurde durch Menschenhand gemacht. Das alles sind keine so einfachen Sachen, wie wenn man ein Papierstück vom Boden nimmt und in den Papierkorb wirft.

Jedes Einzelne von ihnen ist vorher durchdacht, in Gedanken verkörpert, gezeichnet, geplant, Teile durch den großen Menscheneinsatz hergestellt, unzählige Male erprobt und dann erst den Diensten der Menschen angeboten.

Diese Beipiele könnte man endlos weiterführen. Das sind nur welche, die ich in Kürze ohne große Überlegung aufzählen kann. Und ich bin nur eine "Zelle im Menschheitskörper".

Milliarden Menschen, so wie ich, könnten hunderte von Milliarden von solchen Beispielen geben, wenn sie aus dem eigenen Fenster die Welt betrachten.

EINHEIT-GANZHEIT ERGEBNIS

Die Organe, die eine Einheit-Ganzheit bilden, sind gleichwertig und sind untrennbare Bestandteile dieser Einheit-Ganzheit. Also sie gehören dieser Einheit-Ganzheit. (Achtung: Das Prinzip Gleichwertigkeit und Zusammengehörigkeit). Wenn Ali keine Nase hätte oder seine Nase funktionsunfähig wäre, hätte er den Brandgeruch nicht riechen und einen eventuellen Brand nicht verhindern können.

Oder wenn seine Augen nicht sehen könnten, oder seine Füße nicht fähig genug wären, ihn bis zum Herd zu tragen usw. Das alles zeigt uns mit aller Deutlichkeit, jedes Organ am Menschenkörper ist genauso wichtig, genauso unverzichtbar, genauso wertvoll, wie das andere. Genauso ist jede Zelle an einem Organ genauso wichtig, genauso unverzichtbar, genauso wertvoll.

Genauso ist es auch beim Bauen des Hauses. Die Aufgabe des Wasserinstallateurs ist genauso wichtig, genauso unverzichtbar und genauso wertvoll, wie die Aufgabe des Ingenieurs, wie die Aufgabe des Elektrikers, wie die Aufgabe des Maurers und wie des Erfinders und des Produzenten im Hintergrund. Die Aufgabe, die Arbeit von einem ist nicht mehr oder weniger wichtig, sie ist unverzichtbar und wertvoll.

Nach der Philosophie Einheit-Ganzheit sind die Teile, die eine Ganzheit bilden, die Zellen, die ein Organ bilden, die Menschen, die die Gesellschaft bilden, gleich wichtig, gleichwertig und für diese Ganzheit unverzichtbar.

Teile, die ein Ganzes bilden, Zellen, die ein Organ bilden, Menschen, die eine Gesellschaft bilden, führen dazu, dass dieses Ganze eine Ganzheit verkörpert.

Ein Auto, dem ein Rad fehlt, stellt keine Einheit-Ganzheit dar, es kann seine Funktion nicht erfüllen.

Die Einheit und Ganzheit eines Menschen ist nicht vollständig, dessen Augen nicht sehen oder Ohren nicht hören.

Wenn dem Bauteam die Dachdecker fehlen, kann von der Einheit-Ganzheit der Gruppe keine Rede sein.

ERGEBNIS FÜR DAS INDIVIDUUM

Für jedes Individuum, das die Philosophie Einheit-Ganzheit vollständig verstanden hat, beginnt automatisch ein Denkprozess. Die wichtigste Besonderheit dieses Prossezes ist, dass dieser Mensch einen Weg entdeckt, der ihn in sich hinein führen wird. Auf diesem Weg wird er eine sehr lange, sehr bunte und sehr genüssliche Reise erleben. Das wird eine Reise sein, die er bis dahin nie erlebt, nie gekostet hat.

Auf dieser Reise wird er entdecken, mit welchen Attraktivitäten, mit welch unbeschreiblichen Schönheiten und Reichtümern seine innere Welt beschmückt ist.

Je besser er diese Schönheiten, diese Reichtümer in sich kennenlernt, desto intensiver wird er spüren, wie wichtig und wie wertvoll er ist.

Er wird anfangen, sich nicht mehr mit anderen Menschen zu vergleichen. Er wird sich so annehmen, wie er ist. Er wird beginnen, sich selbst immer mehr zu achten und immer mehr zu lieben. Seine Lebensfreude in sich wird von Tag zu Tag wachsen. Die Liebe und Achtung vor sich selbst wird sich von Tag zu Tag entfachen.

Die Schönheit seiner inneren Welt, seine Lebensfreude wird aus sich ganz natürlich nach außen ausstrahlen. Auf dieser Reise wird er nie müde, es wird ihm nie langweilig.

Die Reise in seiner Inneren Welt und das Bewusstsein, das er auf dieser Reise gewonnen hat, werden ihn auch nach außen steuern.

Er wird anfangen, seine Umgebung mit anderen Augen wahrzunehmen. Er wid in sich eine besondere Bewusstseinssteigerung spüren. Er wird die Verbindungen zwischen allen Dingen und von der Nähe in die Ferne erkennen.

Er wird beginnen alle Menschen so zu sehen, ihnen so zu begegnen, sie so zu behandeln, als wäre jeder von ihnen ein er selbst, seine zweite Version.

Er wird sich bemühen, sie immer besser zu verstehen. Er wird beginnen, sie zu schätzen. Er wird anfangen, sie zu achten, so zu lieben, als ob sie er selbst wären.

Dieses Verständnis und diese Haltung wird nicht nur auf Menschen begrenzt bleiben. Seine Achtung gegenüber der Mutter Natur wird er auf ein wahres stabiles Fundament setzen. Sie wird er mit all ihren Pflanzen und Tieren lieben.

Alle und alles wird er so wie seine Katze bei ihm Zuhause, so wie die rote Rosen in seinem Garten lieben; er wird alles, was er kann, tun, damit sie geschützt sind und damit sie ein schönes Leben führen können.

Das Verinnerlichtsein der Philosophie Einheit-Ganzheit mit seinen Prinzipien Gleichwertigkeit und Zusammengehörigkeit wird dazu führen, dass jedes Individuum die wahre Bedeutung des universellen Lebens wirklich begreift. Er wird das Bewusstsein erleben, dass alles, was sich in der Einheit-Ganzheit des Universums befindet, direkt oder indirekt miteinander verbunden ist.

GESELLSCHAFT UND ERGEBNIS

Die Architekten der Neuen Weltordnung werden die Werte und Prinzipien der Philosophie Einheit-Ganzheit den Menschen mit so einer Herzlichkeit vermitteln, dass sich der beginnende Veränderungsprozess in der Persönlichkeit des Individuums in Kürze im gesellschaftlichen Leben der ganzen Menschheit spüren lassen wird.

Die Menschen werden nicht mehr gegenseitig, aufgrund ihrer unterschiedlichen Fähigkeiten und Kompetenzen oder aufgrund ihres Status in der Geselschaft, ihre Werte messen. Sie werden niemanden wertvoller oder wertloser als sich selbst sehen. Niemanden werden sie wichtiger oder weniger wichtig als sich selbst erachten.

Alle Menschen werden den gleichen Wert und die gleiche Bedeutung haben, ungeachtet ihres gesellschaftlichen Status. Jeder wird jeden in gleicher Augenhöhe sehen, jeder wird jeden menschlich behandeln, als ob dieser er selbst wäre.

Genauso wird keiner seine Arbeit, die er ausführt, mehr oder weniger wert als die Arbeit von anderen sehen.

Sowohl der Wert des Menschen als auch der Wert seiner Arbeit wird eine endgültige Indiskutabilität über die Gleichwertigkeit gewinnen.

Den Menschen wird gleichzeitig ganz bewust sein, dass alle Gruppen, Gemeinschaften, Gesellschaften und die Menschheit eine Einheit-Ganzheit darstellen; dass jedes Individuum ein natürliches, unverzichtbares und gleichwertiges Mitglied dieser Einheit-Ganzheit ist.

Die Indiskutabilität der Gleichwertigkeit und Zusammengehörigkeit wird als Wert und als eine bekannte, gerne eingehaltene Lebensregel von allen Menschen vollständig verinnerlicht; sie werden den verdienten Platz in der Gesellschaft einnehmen und sich, um ihn nie mehr zu velassen, dort niederlassen.

Säule II
NEUES ERZIEHUNGS- UND BILDUNGSSYSTEM

ZIEL

Das Hauptziel der Erziehung und Bildung ist, der Menschheit aus Individuen neue Generationen zu erziehen und zu bilden, deren persönliche Fähigkeiten bestens entfaltet sind und die ihr persönliches und gesellschaftliches Leben nach der Philosophie Einheit-Ganzheit gestalten.

ENTFALTUNG VON DER WIEGE BIS ZUM GRAB

Um diese Ziele zu erreichen, wird die Gründung der Neuen Weltordnung mit einer nachhaltigen Erziehungs- und Bildungs-Mobilisation gestartet, die **"Entfaltung von der Wiege bis zum Grab"** genannt wird.

Nun werde ich versuchen, die "Entfaltung von der Wiege bis zum Grab" als Zusammenfassung vorzustellen.

INFRASTRUKTUREN

Erziehungs- und Bildungs-Mobilisation wird mit den nötigen Aufbauarbeiten der Infrastrukturen begonnen. Die Infrastrukturen, die in dem alten System ihr Funktionieren bewiesen haben, werden weiterhin beibehalten. Zusätzlich wird die ganze Erde in allen Lebensbereichen mit einem gesunden Infrastrukturnetz ausgestattet, das den Veränderungen der neuen Weltordnung gerecht werden kann.

An den geeigneten Stellen der Welt werden neue Einrichtungen gegründet, die "Erziehungs- und Bildungs- Lebenszentren" genannt werden.

Um Massenflucht zu verhindern, die Naturschätze sinnvoll zu nutzen und in den unterentwickelten Gebieten der Welt eine gesunde Verbesserung der Lebensbedingungen zu sichern, werden sie Ziele dieser Zentren sein.

"Erziehungs- und Bildungs-Lebenszentren" werden mit der Feststellung der zu nutzenden Quellen auf der Erde ihre Arbeit aufnehmen. Dann werden sie durch wissenschaftliche Untersuchungen bestimmen, mit welchen Methoden und unter welchen Bedingungen diese Schätze die Lebensbedingungen dieser Regionen erleichtern, verbessern und den gesellschaftlichen Wohlstand steigern sollten.

Diese Zentren werden sich sowohl mit der Erziehung und Bildung befassen, als auch unter dem Licht des Gelernten produzieren und die Naturschätze in Nutzungsartikel umwandeln. So werden in Kürze in vielen Regionen der Welt eine "Erziehung-Bildung-Produktion" und Betreuungseinheiten entstehen.

Je nach Unterschiedlichkeit der regionalen Naturschätze werden die Programme der "Erziehungs- und Bildungs- Lebenszentren" verschiedene Schwerpunkte haben. Während in manchen Regionen Zentren mit Schwerpunkt Landwirtschaft gegründet werden, kann in manchen Gebieten der Schwerpunkt Tierhaltung und in manch anderen der Schwerpunkt Industrie sein.

In einigen Gebieten der Welt wird das Hauptthema Begrünung der Wüste sein, in anderen kann es Sonnenenergie sein. Manchmal wird in erster Linie auf die Verbesserung der Lebensbedingungen in Waldgebieten wert gelegt und manchmal liegt der Schwerpunkt auf der Nutzung der Flüsse, auf den

Wasserströmungen in Ozeanen oder auch auf der Verwertung der Windkraft.

Auf der Basis der ausgesuchten regionalen Eigenschaften und deren Kapazitäten könnte auch ein Mischsystem in Frage kommen.

"Erziehungs- und Bildungs-Lebenszentren" werden nicht wie gewöhnliche Schulgebäude und Klassenräume konstruiert werden, sondern sie werden außerhalb der Siedlungen als vielseitige, umfassende Mehrzweckeinrichtungen gegründet.

Sie werden Kapazitäten für alle Altersgruppen und alle Bildungsbereiche inne haben und mit allen nötigen Rahmenbedingungen ausgestattet sein, damit die "Erziehung-Bildung-Produktion" und die Betreuungsaktivitäten ohne Hindernisse, mit Spaß und Erfolg laufen können.

LEHRER

Die ersten Lehrkräfteteams der neuen Weltordnung werden aus sich selbst entstehen. Die Freiwilligen, die sich ihre Lehrfähigkeiten und beruflichen Kompetenzen zutrauen, werden sich in Eigenverantwortung bewusst der Erziehung und Bildung neuer Generationen verschreiben.

Lehrer, die sich mit dem neuen System identifizieren können, werden schon vor der Übergangszeit in die neue Weltordnung, während der Aufklärungskampagnen, über ihre Mitwirkung in den neuen Lehrkräfteteams des neuen Systems träumen und sich darauf freuen.

Sobald die Menschheit ihre endgültige Entscheidung trifft, werden sie als die Architekten des neuen Systems ihren Dienst aufnehmen.

Die gesündeste Weise der neuen Weltordnung zu etablieren, das Vermitteln der Prinzipien der neuen Lebensphilosophie an die Kinder, Jugendlichen und Erwachsenen, das Erziehen und Bilden von neuen Generationen wird unter den lebenswichtigen Aufgaben der Lehrer sein.

Menschen, die im neuen System Lehrer werden wollen, müssen, neben ihren geeigneten Fähigkeiten, diesen Beruf wirklich wollen.

Die stärksten Fähigkeiten werden mit stabilen Kompetenzen bestens beschmückt. Zusätzlich werden sie pädagogisch aufgerüstet und werden so für bestimmte Bereiche und passende Altersgruppen Lehrer.

Lehrer, die so ausgebildet werden und sich von Beginn an dem Glück der Menschheit verschrieben haben, werden mit Freude und Erfolg, Hand in Hand, die Erziehungs- und Bildungsmobilisation - "Entfaltung von der Wiege bis zum Grab", in der ganzen Welt mit Leben füllen.

Die Philosophen, Wegweiser und Mediatoren werden mit der gleichen Sorgfalt aus den in diesen Bereichen besonders begabten und willigen Schülern, ausgebildet.

INHALT

Den Inhalt der neuen Erziehung und Bildung möchte ich in vier Punkten zusammenfassen:

DIE PHILOSOPHIE EINHEIT-GANZHEIT

Im Rahmen der Mobilisation "Entfaltung von der Wiege bis zum Grab" werden die feinsten Grundwerte der Philosophie wie die Liebe und Achtung, jedem Baby, das der Welt die Augen öffnet, liebevoll wie Muttermilch gegeben; genauso wie man den zarten Wurzeln einer frisch gesetzten Pflanze, den ersten Schluck Wasser mit großer Vorsicht und Sorgfalt gibt.

Das Baby wird mit diesen Werten aufwachsen; es wird sie essen, trinken, atmen, riechen und einfach fühlen.

Die Kinder werden diese Philosophie mit allen Prinzipien und Werten bis zu kleinsten Einzelheiten unter der Begleitung und Betreuung ihrer Lehrer riechen, kosten, fühlen, verstehen, erfassen und mit großem Spaß zu eigen machen.

Sie werden sie im Laufe ihrer Schulzeit mit allen Einzelheiten begreifend, diskutierend, gerne Schluck für Schluck verinnerlichen und gerne leben lernen.

Alle wissenschaftlichen Aktivitäten in allen Bereichen von Archäologie bis Astronomie, von Biologie bis Geologie, von Chemie bis Physik, von Mathematik bis Philosophie werden im Rahmen der Werte und Prinzipien der Philosophie Einheit-Ganzheit und "Entfaltung von der Wiege bis zum Grab" mit Sorgfalt und Intensivität weitergeführt.

Die bisherigen Errungenschaften der Menschheit in Bereichen der Wissenschaft und Technologie werden ununterbrochen unter dem Licht des neuen Verständnisses fortgesetzt.

PERSÖNLICHE BEGABUNGEN

Eine charakteristische Besonderheit des Erziehungs- und Bildungssystems ist, alle besonderen Gaben eines jeden Kindes möglichst früh zu entdecken. Mit dem Wissen, dass manche Kinder mehr als eine besondere Begabung haben könnten, werden diese Fähigkeiten mit großer Sorgfalt erforscht und entdeckt. Somit wird gleichzeitig die Quelle der gesellschaftlichen Stärke deutlich herausgefunden: Anderssein!

Dass jedes einzelne Kind im Rahmen seiner natürlichen Fähigkeiten mit besten Kompetenzen ausgerüstet wird und, dass gesichert wird, es so zu befähigen, sein gesamtes Können sowohl in seinem privaten, als auch gesellschaftlichen Leben mit Spaß und Erfolg anwenden zu können, wird unter den Zielen und wichtigsten Aufgaben der Erziehung und Bildung sein.

PERSÖNLICHKEITSBILDUNG

Das Fundament der Persönlichkeitsbildung eines Kindes wird die Verinnerlichung der Prinzipien und Werte der Philosophie Einheit-Ganzheit und die Entdeckung seiner Begabungen sein.

Lehrer, die sich der Erziehung und Bildung der neuen Generationen gewidmet haben, werden jedes Kind sowohl im Verlauf der Entfaltung seiner Begabungen, als auch während des Prozesses der Verinnerlichung der Prinzipien und Werte der Philosophie Einheit-Ganzheit mit Achtsamkeit, Sorgfalt und Sensibilität begleiten und betreuen.

Die Betreuung bei der Bildung der Persönlichkeit wird mit Aktivitäten begonnen, die dem Kind den Weg öffnen, sich selbst und seine innere Welt kennen zu lernen, sich selbst zu lieben und zu schätzen.

Diese Aktivitäten werden auf eine Weise fortgesetzt, dass das Kind sowohl seinen Verstand zu nutzen lernt, als sich auch dem gesellschaftlichen gemeinsamen Verstand gegenüber zu öffnen. Es wird darauf Wert gelegt, dass sich sowohl das persönliche, als auch das gesellschaftliche Verantwortungsbewusstsein des Kindes entwickelt.

Die Werte, die dem Kind auf der persönlichen Ebene vermittelt werden, öffnen die Wege für die Übertragung dieser Werte auf die gesellschaftliche Ebene während der Persönlichkeitsbildung.

Die Grundsteine für das gemeinsame Gewissen, den gemeinsamen Verstand und das gemeinsame Verantwortungsbewusstsein werden in dieser Phase gelegt.

Die Seiten Konstruktivität, Kreativität und Produktivität aller Kinder werden gefördert.

Zwischen der Schule und der Familie werden stabile Brücken gebaut. Durch eine gute Zusammenarbeit wird gesichert, dass das Kind eine gesunde Persönlichkeit erlangt.

VORBEREITUNG
FÜR DAS PRIVATE UND GESELLSCHFTLICHE LEBEN

Die Schule wird die persönliche Entwicklung der Individuen sichern, sie wird sie mit den nötigen Kompetenzen so ausrüsten, dass sie sich im gesellschaftlichen Leben bestens einbringen können.

Die Jugendlichen werden sowohl für ihr privates als auch gesellschaftliches Leben konkrete Vorstellungen und bunte Träume haben.

Genau an dieser Stelle werden sie als freiwillige "Architekten des neuen Systems" ihre Lehrer auf ihrer Seite finden, die sie begleiten und betreuen. Sie werden träumen können, aber nicht zu Träumern werden.

Die Lebensbedingungen, die die Mutter Natur dem Menschen anbietet und alle Bereiche des sozialen Lebens, werden von der Nähe zur Ferne die Grundrahmen des Lebens sein, das sie für sich aufbauen werden.

Die Bildungseinrichtungen, die über die nötigen Ressourcen verfügen, werden alles unbegrenzt und unentgeltlich den Kinder und Jugendlichen anbieten, um zu sichern, dass ihre Träume wahr werden können.

Die Kinder und Jugendlichen werden nicht als Fachspezialisten für bestehende Berufe ausgebildet. Sie werden zu Menschen erzogen und gebildet, mit einer Persönlichkeit; stabil, kompetent, kreativ, produktiv, zuverlässig und mit hohem Verantwortungsbewusstsein.

Und diese Menschen werden selbst bestimmen, in welchem Bereich sie sich an dem gesellschaftlichen Leben beteiligen, also was für ein berufliches Leben sie führen möchten.

Die Jugendlichen werden in ihrem Schulleben entsprechend ihren persönlichen Begabungen so vorbereitet, dass sie das Leben, von dem sie träumen, durch ihre eigenen Hände, nach eigenem Geschmack, ohne irgendjemanden als Konkurrenz zu sehen, aufbauen können.

Sie werden entsprechend ihren Kompetenzen und ihrem sozialen Bewusstsein im gesellschaftlichen Leben ihren Platz einnehmen, der für sie am besten geeignet ist und an dem sie am erfolgreichsten arbeiten können.

Sie werden keine Konkurrenten haben. Falls sie aber entdecken, dass jemand anderer diese gleiche Arbeit besser machen kann, werden sie immer bereit sein, diese Stelle dieser Person zu überlassen.

Das Veranwortungsbewusstsein, das sie erwerben werden, wird sie stark machen. Selbstkritik wird für sie eine unverzichtbare Lebensregel sein. Sie werden mit sich eins und selbstbewusst sein.

Es wird ihnen vermittelt, dass sie die Arbeiten, die sie ganz allein machen, unter großer Verantwortlichkeit und bestmöglich erledigen, und sie erfahren auch, dass die Zusammenarbeit mit anderen unumgänglich ist und dass sie in allen Bereichen des gesellschaftlichen Lebens gemeinsam viel größere Arbeiten bewältigen können.

Sie werden begreifen, wie wichtig es ist, eine zuverlässige Zusammenwirkung und Zusammenarbeit unter den Mitwirkenden zu verwirklichen, um ein gutes Ergebnis bei den kollektiv ausgeführten Arbeiten zu erzielen.

So werden die Schüler sowohl in der Schule theoretisch und praktisch, als auch in ihrem Arbeitsleben anwendend erleben, wie die kollektiven Kräfte mit unterschiedlichen Fähigkeiten und Kompetenzen, auf den kollektiven Erfolg und auf den kollektiven Reichtum und auf die kollektive Lebensfreude wirkt.

Um zu sichern, dass die Kommunikation einfach und reibungslos verlaufen kann und um zu sichern, dass keine Missverständnisse entstehen, wird eine gemeinsame Weltsprache festgelegt.

Neue Generationen werden in der Lage sein, die Weltsprache so gut anzuwenden, wie ihre eigene Muttersprache.

Die Kinder werden sich in den Schulen, nicht mehr wie früher, nur auf die Themen konzentrieren, die man zwischen den nationalen Grenzen behandelt hatte. Sie werden über regionale, kontinentale sowie interkontinentale Themen mit einem umfangreichen und variablen Erziehungs – und Bildungsverständnis für das gesellschafliche Leben vorbereitet.

Mit solch einer gesunden und reichen Persönlichkeit und entfalteten Fähigkeiten mit dazugehörigen Kompetenzen ausgerüstete Individuen werden sowohl ihr eigenes Leben mit

Spaß und erfolgreich führen, als auch an dem gesellschftlichen Leben konstruktiv, kreativ und aktiv teilnehmen können.

METHODEN UND TECHNIKEN

Die Ziele der Lehr- und Lernmethoden sind zu sichern; die Themen sollen ganz genau verstanden und erfasst werden, um das Verstandene zu verinnerlichen, zu leben und anwenden zu können, und um den Menschenverstand und die Wissenschaft als persönliche Wegweiser zu sehen.

Das Ziel wird nicht sein, dass die Schüler Wissenskonsumenten werden, sondern dass sie Methoden lernen, wie sie selbst durch Recherchieren, logisches Denken zu Informationen kommen.

Die Erziehung und Bildung wird in allen Lernbereichen praktische Schwerpunkte haben.

Da die Ziele der "Erziehungs- und Bildungs- Lebenszentren" die Naturschätze der Umgebung verarbeiten und sie durch Menschenhand der Bevölkerung anbieten werden, wird die Erziehung und Bildung in diesen Zentren nur durch Anwendung erfolgen.

Es werden auch Methoden und Techniken angewandt, mit denen man Erkenntnisse aus einem Lernbereich in andere Bereiche transferieren kann, Themen vernetzen und komplexe Inhalte leichter begreifen kann.

Neben den Methoden wie Deduktion und Enduktion werden weitere wissenschaftliche Methoden wie Projektkarbeit, Recherchieren, Untersuchungen und weitere Neuere mit praktischen Schwerpunkten vermittelt.

Als Meinungsäußerungsmethoden werden sämtliche kreativen Wege wie alle Arten von Kunst und Literatur, von Malerei bis Karikatur, von Theater bis Musik, vom Roman zur Lyrik, angewandt.

Spezielle Programme für die Übergangszeit

Um den Übergang vom alten zum neuen Gesellschaftssystem zu erleichtern, werden in der ganzen Welt für zwei Zielgruppen spezielle Programme ausgearbeitet und durchgeführt:

Erstens: Damit sich alle Menschen im neuen System leicht einleben können, wird ein Bildungspaket in der jeweiligen Sprache der Völker für Erwachsene erstellt: "Unsere neue Welt".

Zweitens: Um ihnen eine Vergleichsmöglichkeit anzubieten, werden für Kinder und Jugendliche neben der neuen Weltordnung Bildungsprogramme vorbereitet und durchgeführt, die "Von gestern zu Morgen" genannt werden und alle nötigen aufklärenden Informationen über "Die alte Welt" beinhalten.

Teil II
WIE WIRD
DIE NEUE WELTORDNUNG GEGRÜNDET

WELTSTAAT

Um die neue Weltordnug errichten zu können, braucht die Menschheit eine Organisation, die diese anspruchsvolle Aufgabe gekonnt erfüllen kann. Das wird der Weltstaat sein.

A) WIE WIRD DER WELTSTAAT AUSSEHEN

I.   DIE ORGANISATIONSPHILOSOPHIE DES WELTSTAATES

Alle Werte und Prinzipien der Philosophie Einheit-Ganzheit werden bei der Organisation des Weltstaates berückschtigt.

Da in der Gesellschaft ein nachhaltiges, soziales Gleichheitsverständnis seinen Platz einnehmen wird, damit kein Mensch sich selbst besser oder schlechter, wertvoller oder wertloser als der andere sehen wird, wird diese Realität bei der Organisationsphilosophie des Weltstaates nicht nur ihre Existenz spüren lassen, sondern sie wird gleichzeitig gelebt.

Jedes Individuum, mit seinem persönlichen Verstand, Gewissen und Bewusstsein wird seinen Platz im kollektiven Verstand und Gewissen der Menschheit einnehmen und da wird es sowohl selbst leben, als auch leben gelassen.

In einer harmonischen, sozialen „Miteinanderlebensform" wird die Einstellung von allen in dem Staatsapparat Tätigen als immer im Gedächtnis getragener und gewünschter "Gemeinsamer Wert" gelebt, dass die Menschheit, genau so wie ein gesunder Menschenkörper, nicht gegen seine eigenen Zellen und Organen lebt, sondern für alle!

Gemeinsame Bemühungen, gemeinsame Errungenschaften, gemeinsame Teilung und gemeinsame Freiheiten werden für alle Individuuen das „gemeinsame Ziel" sein. Die Einstellung „Alle für alle" in dem gesamten Sytem, auch in der Organisationsphilosophie des Weltstaates wird als eine „Unverzichtbarkeit" seinen Platz einnehmen.

Dass das einzige und einzigartige Zuhause der Menschheit die Mutter Natur geschützt, in einen immer schöner werdenden Garten umgewandelt und mit allen Tieren und Pflanzen miteinander in Liebe und Achtung ein glückliches Leben geführt wird, wird eines der gemeinsamen Ziele bei der Organisation des Weltstaates sein.

Die Organisationsphilosophie wird Eigenschaften haben, die den Weg dafür öffnen, dass im Kern auf Verantwortlichkeit basierende Freiheiten keimen, gedeihen, Früchte tragen; dass das gesellschaftliche Leben auf der Erde sich zu einem unvergleichlich kostbaren „Freiheitsgarten" entwickelt.

Der Weltstaat wird eine klare Route haben: Der Weg, der die Menschheit in Achtung und Einklang mit der Mutter Natur zu einem glücklichen Leben führt! Aus diesem Grund werden Philosophen in allen Verwaltungseinheiten die Aktivitäten beleuchtend begleiten.

DEMOKRATIE UND SEIN FUNKTIONIEREN

In der neuen Weltordnung werden die Werte und Prinzipien der Philosophie Einheit-Ganzheit auch das Fundament der Demokratie sein. Die neue Philosophie wird den Inhalt des Begriffes „Demokratie", wenn auch nur teilweise, neu definieren.

Die angeblichen Rechte und Freiheiten, die das universelle Leben direkt oder indirekt bedrohen und gefährden könnten, werden in dem neuen Demokratieverständnis keinen Platz haben.

Keine einzige Idee, kein Gedanke und keine Handlung wird demokratische Freiheit genannt, die die Vernachlässigung, Verschmutzung und Zerstörung der Mutter Natur verursachen könnte.

Keine Idee, kein Gedanke, keine Handlung, die verursachen könnten, das Menschenleben zu erschweren, die Natürlichkeit und Gesundheit des Menschen zu schädigen; keine Idee, kein Gedanke, keine Handlung, die verursachen könnten, die Würde des Menschen zu verletzen, wird Zuflucht unter dem Schirm der demokratischen Freiheiten finden können.

Verhaltensweisen und Handlungen, wie Druck, Ausschluss, Folter, die sich die menschliche Freiheit und Gesundheit direkt zur Zielscheibe macht, werden weder als Methoden des Selbstschutzes des Staates deklariert werden, noch darf vorgeschlagen werden, sie zu legitimieren.

Durch Bestrafen versuchen, Menschen umzuerziehen, durch Gewaltanwendung, Blutvergießen versuchen, Ziele durchzusetzen, werden nicht nur aus dem Schutz des Demokratieschirmes ausgewiesen, sondern sie werden als Sinnlosigkeit, Gewissenlosigkeit und Blindheit von sich aus in die dunklen Seiten der Geschichte vergraben.

Alle Ideen, Gedanken, Verhaltensweisen und Aktivitäten, die mit der Mutter Natur, mit der Existenz aller Lebwesen, insbesondere der Gesundheit und Würde des Menschen übereinstimmen, die von dem gemeinsamen Menschenverstand und gemeinsamen Gewissen akzeptiert und gemeinsamen Verantwortungsbewusstsein bestätigt werden, die das private und gesellschaftliche Leben zu einem gesunden Stand führen und stärken werden, werden zu den unbegrenzten, natürlichen demokratischen Freiheiten gezählt.

VERANTWORTUNGSAUFTEILUNG

Da in dem neuen Weltstaat das Verhalten und die Lebensform anderer zu bestimmen, die Freiheiten einzuschränken, andere Menschen zu beurteilen und zu bestrafen, von der Tagesordnung der Menschheit gelöscht werden, wird beim Funktionieren des Staatsapparates keine Gewaltanwendung in Frage kommen.

Das Prinzip „Gewaltenteilung" wird seinen Platz an das Prinzip „Verantwortungsaufteilung" verlieren. Da ein stabiles Verantwortungsbewusstsein in die Persönlichkeit jedes einzelnen Menschen eingraviert wird, wird er diese Haltung sowohl gegenüber sich selbst als auch in den Kontakten mit anderen Menschen leben.

Jeder wird seine Aufgabe, die er entsprechend seiner Eigenschaften übernommen hat, mit dem gleichen Verständnis, mit der gleichen Sorgfalt und Verantwortlichkeit erfüllen, wie er dies in seinen persönlichen und gesellschaftlichen Leben erfüllen würde, wenn er im Staatsapparat eine Aufgabe zu erfüllen hat. Er wird von außen auf keinen Einfluss, keine Kritik oder etwaige Kontrolle warten.

DIE WAHLEN

In der neuen Weltordnung werden alle Lebensbereiche in den Wahlgebieten im Verhältnis der Einwohnerzahl festgelegt. Alle Lebensbereiche werden in Verwaltungseinheiten des Staatsapparates im Verhältnis der Einwohnerzahl vertreten.

Mit dem "Lebensbereich" ist gemeint, die Sektoren, in denen die Menschen schwerpunktmäßig ihren Lebensunterhalt verdienen. Die Lebensunterhaltquelle kann für manche Landwirtschaft sein, für manche Fabrikarbeit, für manche Bausektor und für manche Bildungswesen usw.

DIE BEFÄHIGUNG UND TRANSPARENZ FÜR EINE KANDIDATUR

Diejenigen, die eine Aufgaben für einen Lebensbreich in einer Verwaltungseinheit übernehmen wollen, werden zunächst anhand ihrer Dokumente ihre Befähigung für einen erfolgreichen Arbeitseinsatz nachweisen. Die Wähler werden einem Kandidaten ihre Stimme nicht geben, weil er von einer Partei vorgeschlagen wird, sondern weil er seine persönliche Befähigung in dem bestimmten Lebensbereich mit Dokumenten nachgewisen hat. Also die Befähigung für eine Kandidatur wird bei den Wahlen das Grundprinzip für die Wählbarkeit sein.

Somit wird immer tranzparent und deutlich, wer, wen, für welchen Zweck gewählt hat und wer, von wem, für welche Aufgabe gewählt wurde.

Es wird nicht wie beim herrschenden System der Fall sein, dass die Kandidaten ziellos gewählt werden. Sie werden von den Wählern direkt für einen Ausschuss gewählt, in dem sie den gemeinten Lebensbereich im betreffenden Parlament vertreten.

DIE FLEXIBLE ERNEUERBARKEIT

Die Wahlen werden, so gut es geht, für eine kurze Periode durchgeführt. Die flexible Erneuerbarkeit der Gewählten wird dazu dienen, dass die Funktionalität und Leistungsfähigkeit der staatlichen Organisation immer auf dem Niveau des Optimums gehalten werden.

Die flexible Erneuerbarkeit bedeutet nicht, dass die Gewählten oder die Angestellten nicht zum zweiten Mal die gleiche Aufgabe übernehmen oder für andere Aufgaben gewählt werden dürfen.

Wichtig ist, dass Menschen, die eine Aufgabe zu Diensten der Menschheit übernommen haben, immer in der Lage sind, diese Aufgabe bestens erfüllen zu können.

POLITISCHE PARTEIEN

Die politischen Parteien werden aus zwei wichtigen Gründen überflüssig:

Erstens: Die Philosophie Einheit-Ganzheit, auf die die neue Weltordnung gestützt wird, sieht nicht die Polarisierung, sondern den Kompromiss und den Zusammenhalt, nicht die Trennung, sondern sie sieht die Vereinigung und die Vervollständigung, für „gemeinsame Ziele" den „gemeinsamen Verstand" einzusetzen vor.

Zweitens: Die Kandidaten werden nicht gewählt, wegen ihrer Zugehörigkeit zu einer Partei oder Organisation, sondern sie werden wegen ihrer Befähigung und ihrer anderen für die Aufgabe geeigneten Eigenschaften gewählt.

II. ORGANISATIONSFORM DES WELTSTAATES

1. DIE ZIVILE ORGANISATION

DAS VOLK FÜR DAS VOLK

Die Dienstleistungsorganisation "Das Volk für das Volk" wird eine reine Organisation des Volkes, mit dem Volk, aus dem Volk und für das Volk sein. Es wird überall auf der Welt organisieren und allen Menschen unentgeltlich dienen.

Hört man den Begriff "Das Volk für das Volk" wird man automatisch an drei Dienstleitungsorgane denken: Volksinformationszentren, Volksberatungszentren und Volksbetreuungszentren.

Bei den Volksinformationszentren werden die Bürger auf ihre einfachen Fragen wie "Was" oder "Wo" persönlich oder digital, schnelle zuverlässige und verständliche Antworten bekommen. Falls sie das Bedürfnis haben ausführliche Informationen zu bekommen, wird ihnen auch dieser Wunsch erfüllt.

Bei den Volksberatungszentren werden die Bürger für ihr Vorhaben ausführliche und zuverlässige Informationen von Fachleuten erhalten; Informationen darüber, welchen Weg sie verfolgen können. Wollen sie z.B. ein Haus bauen, bekommen sie alle Informationen über den Bau eines Hauses.

In den Volksbetreuungszentren wird das Fachpersonal die Bürger bei der Lösung ihrer Probleme von Beginn an bis zum Schluss begleiten. Möchte jemand beispielsweise ein Haus bauen, wird er kostenlos betreut, von der Planung, Kostenkalkulation bis zur Gartengestaltung.

In diesen neuen Dienstleistungszentren werden neben dem Fachpersonal für Information, Beratung und Betreuung, auch spezielle Leute ihre Dienste anbieten:

Philosophen werde in allen drei Zentren tätig sein. Sie werden das Personal der Zentren in ihrer Tätigkeit begleiten, sodass sie ihren Dienst entsprechend den Prinzipien und Werten der Philosophie Einheit-Ganzheit erfüllen.

Die Wegweiser werden den Platz der heutigen Rechtsberater einnehmen. Bei den Volksberatungszentren und Volksbetreuungszentren werden sie dem Fachpersonal bei seiner Tätigkeit zur Seite stehen. Sie werden darauf achten, dass die Dienstleistungen mit den "Regeln" der betreffenden Parlamente konform sind.

Die Mediatoren werden nur in den Volksbetreuungszentren tätig sein. Sie werden bei gemeinsamen Themen andersdenkende und andersinterpretierende Parteien zu einer Einigung führen. Die Werte und Prinzipien der neuen Lebensphilosophie und die Lebensregeln, die die Parlamente verabschieden, werden die Hauptquelle bzw. Grundstütze des Einigungsverfahrens der Mediatoren sein.

Für die speziellen Fachleute; Philosophen, Wegweiser und Mediatoren werden regionale Personalpools eingerichtet. Die Dienstleistungsorganisationen „Das Volk für das Volk" und die Verwaltungseinheiten werden sich mit diesen regionalen Pools in Verbindung setzen und für ihren Bedarf an Personal fordern.

AUSNAHMEVERFAHREN

In allen Erziehungs- und Bildungseinrichtungen werden Erziehungs- und Bildungs-Informationszentren, Erziehungs- und Bildungs-Beratungszentren und Erziehungs– und Bildungs-Betreuungszentren ihren besonderen Platz bekommen. Bei den Eltern beginnend werden sie allen Menschen in allen Positionen, als Lernende und Lehrende, informierend, beratend und betreuend behilflich sein.

Diese Dienste werden nicht nur innerhalb der Erziehungs- und Bildungsbereiche, sondern in allen Bereichen des Lebens eine Schlüsselrolle spielen.

In dem neuen System werden statt heutiger Krankenhäuser "Zentren für gesundes Leben" gegründet. In diesen Zentren gibt es "Information Gesundes Leben", "Beratung Gesundes Leben" und "Betreuung Gesundes Leben".

Überall in der Welt werden die Menschen die Dienste dieser Einrichtungen unbegrenzt, doch mit hohem Verantwortungsbewusstsein in Anspruch nehmen können.

2. DIE STAATLICHE ORGANISATION

Die Organisationsstrukturen des Weltstaates werden wie folgt aussehen:

- Lokale Verwaltungseinheiten
- Regionale Verwaltungseinheiten
- Kontinentale Verwaltungseinheiten
- Welt-Volksvertreterparlament

KOMMUNALE VERWALTUNGSEINHEITEN

Die Kommunalen Verwaltungseinheiten werden ähnlich wie die Heutigen organisiert; sie sind als Gemeindeverwaltungen und Stadtverwaltungen zu verstehen.

GEMEINDERVERWALTUNGEN

Die kleinen Wohnsiedlungen bis zu einer bestimmten Einwohnerzahl werden von Gemeinderäten geführt.

Ändern wird sich: Zu den Gemenderäten werden Mitglieder nach den Verschiedenheiten der Lebensunterhaltsquellen gewählt.

Ein Beispiel: Wir nehmen an, ein Dorf; zu den Hauptlebensunterhaltsquellen gehören die Lebensbereiche Weinbau und Weinproduktion, Tierhaltung, Handwerk, Tourismus und Kunst-Kultur. Diese Lebensbereiche werden im Gemeinderat im Verhältnis ihrer Anteile zur Einwohnerzahl zu einem bestimmten Prozentsatz von gewählten Mitgliedern vertreten.

Nehmen wir an, der Ausschuss für den Weinbau soll mit 5 Mitgliedern, Tierhaltung 4, Handwerk 2, Tourismus 1 und Kunst-Kultur 3 Mitgliedern vertreten werden.

Ein Ortsbewohner, der seine Befähigung nachweisen kann, kann für einen Sitz im dazugehörigen Ausschuss für den Gemeinderat kandidieren.

Die Angehörigen des jeweiligen Lebensbereiches wählen aus der Kandidatenliste Personen für den Ausschuss, von denen sie meinen, dass sie für die bekannte Aufgabe am besten geeignet sind.

Der Gemeinderat der aus den gewählten Ausschussmitgliedern besteht, wird nach der internen Organisation beginnen, so harmonisch zusammenzuwirken und zu arbeiten, wie ein einziger Körper.

Diese Verfahrensweise wird prinzipiell bei allen Verawaltungseinheiten gleich sein.

STADTVERWALTUNGEN

Ortschaften, deren Einwohnerzahl eine bestimmte Grenze übersteigt, werden von Stadtverwaltugen geführt. Das Verwaltungsorgan einer Stadtverwaltung wird das Stadtparlament, den man auch Stadtrat nennen kann, sein.

Die Bildung der Stadtparlamente und deren Arbeitsweise werden nach den gleichen Prinzipien, wie bei den Gemeinderäten konzipiert. Einwohner einer Stadt wählen aus der Kandidatenliste gezielt eine bestimmte Zahl von Personen für die jeweiligen Ausschüsse ins Stadtparlament.

Das Stadtparlament wird nach der internen Organisation anfangen, in Begleitung von Philosophen und Wegweisern den Einwohnern der Stadt zu dienen.

REGIONALE VERWALTUNGSEINHEITEN

Bei der Bildung der neuen Verwaltungseinheiten, also bei der Abgrenzung der Regionen aus verwaltungstechnischen Gründen, könnte man die bestehenden Grenzen zwischen den alten nationalen Staaten bzw. in föderativen Systemen zwischen Bundesstaaten nutzen oder, um die Arbeit zu vereinfachen, die bestehenden Grenzen ganz oder teils aufheben und neu setzen.

Die Form des Arbeitslebens in Regionalen Einheiten wird prinzipiell ähnlich sein, wie bei den Kommunalen Verwaltungsheiten. Der Unterschied wird sein, dass Regionale Verwaltungseinheiten sich mit den flächendeckenden Themenbereichen wie Erziehung und Bildung, Finanzen, Verkehr und Transport, Kommunikation, Energie, Nutzung der natürlichen Ressourcen, Schutz vor Naturkatastrophen etc. befassen und der Bewölkerung dienen.

Die Landbevölkerung wird genauso wie bei den Kommunalen Verwaltungseinheiten nach den gleichen Kriterien die Abgeordneten wählen, die sie vertreten.

Die Abgeordneten in einem Ausschuss regeln die interne Organisaton untereinander.

Die Vorsitzenden der Ausschüsse übernehmen das Ministeramt dieses Lebensbereiches. Die Minister kommen zusammen und bilden das Kabinett.

Die Minister wählen unter sich ein Sprecher und in genügender Zahl Stellvertreter. Sprecher wir der Ministerpräsident.

Die Regionalen Regierungen haben die Aufgabe, die Beschlüsse des Parlamentes als „Regel" umzusetzen. Zudem werden sie die „Regeln" der Kontinentalen Parlamente und Welt-Volksvertreterversammlung umsetzen, die ihre Region anbetreffen.

Die Philosophen und Wegweiser haben bei allen Regionalen Verwaltungseinheiten in genügender Zahl ihren Platz.

KONTINENTALE VERWALTUNGSEINHEITEN

Kontinentale Verwaltungseinheiten werden die interregionale und interkontinentale Entwicklung gemäß der Philosophie Einheit-Ganzheit unterstützen. Schwerpunkte der Arbeit werden Luft, Wasser, Boden, Bodenschätze, Wälder, Wildtiere, Wüsten usw. sein. (Sie weden von Fachleuten konkretisiert).

Die Sitze der Kontinentalen Verwaltungseinheiten werden mit großer Sorgfalt gewählt. Mit diesem Ziel sucht sich jede Kontinentale Verwaltungseinheit einen Ort aus, der innerhalb der Grenzen einer der ärmsten Regionalen Verwaltungseinheiten liegt.

Die Bürger in Regionalen Verwaltungseinheiten wählen für bestimmte Ausschüsse Abgeordnete, die sie in Kontinentalen Parlamenten vertreten. Die Wahlkriterien sind die gleichen wie in anderen Verwaltungseinheiten.

Die Bildung und die Arbeitsweise der Kontinentalen Regierungen wird ähnlich sein, wie bei den Regionalen Regierungen. Die Sprecher der Ausschüsse kommen zusammen und bilden das Kabinett, also die Regierung. Das Kabinett wählt aus seinen Mitgliedern den Ministerpräsidenten und in genügender Zahl Stellvertreter.

Die Ausschüsse, das Kabinett und das Parlament werden eng zusammenarbeiten. Die von den Kontinentalen Parlamenten verabschiedeten Regeln werden von der Kontinentalen Regierung umgesetzt. Gleichzeitig werden sie die Regeln des

Welt-Volksvertreterparlamentes, die ihren Kontinent anbetreffen, umsetzen.

WELT VOKSVERTRETERPARLAMENT

Das Welt-Volksvertreterparlament wird von den Vertretern gebildet, die von allen Weltbürgern gewählt werden. Die Bürger wählen ihre Vertreter direkt. Die Wahlen organisieren die Regionalen Verwaltungseinheiten. Wie bei allen anderen Wahlen müssen die Kandidaten nachweisen, dass sie über erforderliche Fähigkeiten, Kompetenzen und Erfahrungen in den Lebensbereichen verfügen, für die sie kandidieren.

Um die Aktivitäten der Ausschüsse auf eine wissenschaftliche Basis zu stützen, gründet das Welt-Volksvertreterparlament spezielle Bildungseinrichtungen, die wissenschaftliche Forschungs- Planungs- und Vorbereitungsarbeiten betreiben.

Diese Einrichtungen bilden einerseits in ihren Bereichen Fachleute aus, andererseits bieten sie ihre neuesten Erfahrungen, Entdeckungen und Ergebnisse den Volksvertretern zur Nutzung an. Mit solchen und ähnlichen Mitteln wird das Parlament versuchen sicherzustellen, dass die Ausschüsse zielgerichtet, produktiv und zügig arbeiten.

Themenbereiche, die die ganze Welt interessieren wie Universelles Leben, Welt-Grundlebensregeln, Erziehung und Bildung, Philosophie, Wegweisung, Mediation, Lebensfreude, Wohlstand, Wissenschaft und Forschung und Zivilisation (werden von Fachleuten konkretisiert), liegen im Arbeitsbereich des Welt-Volksvertreterparlamentes.

Auch im Volksvertreterparlament nehmen die Philosophen und Wegweiser ihren Platz ein.

Jeder Ausschuss erstellt einen Arbeitsplan für sich und arbeitet wie ein Ministerium. Über die vorgenommene Arbeit tauscht er sich ständig und intensiv mit der Bildungseinrichtung aus, mit der er zusammenarbeitet.

Die betreffende Bildungseinrichtung leistet die Vorarbeit. Das Ergebnis legt sie als Rohentwurf dem Ausschuss vor. Der Ausschus überarbeitet diese Regelvorlage. Anschließend leitet er den endgültigen Regelentwurf an das Parlamentpräsidium weiter, mit der Bitte um Erörterung und Verabschiedung.

Die Regelentwürfe, die von Ausschüssen dem Parlamentspräsidium vorgelegt werden, werden in Begleitung von Philosophen und Wegweisern sorgfältig debattiert. Die endgültige Fassung des Entwurfes wird per Abstimmung beschlossen. Die vom Parlament beschlossenen Regeln werden dem Staatspräsidenten zur Bestätigung vorgelegt. Der Regelentwurf wird rechtskräftig, wenn der Staatspräsident ihn unterschrieben hat.

Unter den Beratern des Welt-Staatspräsidenten werden sich neben den Fachspezialisten auch Philosophen und Wegweiser befinden.

Das Welt-Volksvertreterparlament setzt teils die Regeln, die es verabschiedet hat, durch seine eigenen Organe selbst um und übergibt andere an die Kontinentalen Verwaltungseinheiten und Regionalen Verwaltungseinheiten.

III. WAS WIRD DER WELTSTAAT TUN

Der Weltstaat wird eine neue Mobilisation starten, sobald er seinen strukturellen Aufbau vervollständigt hat: EINE WELT FÜR ALLE

Die Mobilisation „Eine Welt für alle" beinhaltet vier konkrete Schritte:

1. STOPPT DEN WAHNSINN, VERHINDERT DAS BITTERE ENDE

- Ende der Naturzerstörung
- Auflösung aller Militäreinrichtungen, Vernichtung aller Waffen und Beendigung aller Kriege
- Sättigung aller Hungrigen

- Ein Zuhause allen Obdachlosen
- Beendigung des Menschenhandels und der Sexsklaverei
- Beseitigung der Ursachen des Einbrechens, Bettelns, Betrügens, Raubens
- Behandlung der Kranken

2. AUSBAU DER INFRASTRUKTUREN

Der Weltstaat und die Weltbürger werden gemeinsam das Projekt „Aufbau der Infrastrukturen" starten.

Die Aufbauarbeiten der Infrastrukturen werden weltweit alle Lebensbereiche umfassen. Die vorhandenen funktionsfähigen Einrichtungen und Anlagen werden weiterhin ihre Verwendung finden, die alten werden renoviert und ausgebaut und die Fehlenden neu gebaut.

Die Produktion und Dienste aller Anlagen und Einrichtungen, die die lebensfeindlichen Werte der alten Lebensphilosophie unterstützen, werden eingestellt und die laufenden Investitionen gestoppt.

Der Weltstaat wird die Verkehrsinfrastrukturen weltweit so ausbauen, dass alle Angebote und Dienstleistungen für den Aufbau des neuen Systems ohne Barrieren, ohne Probleme bis zu entfernt liegenden Ortschaften gebracht werden können.

Bei Energieproduktion und Energietransport wird er die Kapazität mit dem neuen Verständnis ausbauen, die ganze Welt, bis zur kleinsten Wohnsiedlung wird er mit Stromerzeugungs- und Stromtransportnetzen versehen.

Die Infrastrukturen für jegliche Kommunikationsanlagen wird er einrichten, ausbauen, die Produktion der richtigen Zubehör- und Ersatzteile und eine störungsfreie Kommunikation sichern.

Die Infrastrukturen für die Erziehungs- und Bildungsmobilisation „Entfaltung von der Wiege bis zum Grab" wird er aufbauen.

Der Weltstaat wird freiwillige Gruppen bilden, die die Weltrevolution begleiten möchten: „Die Schöpfer der neuen Weltordnung". Er wird die Maler, Bildhauer, Schriftsteller, Dichter, Regisseure, Musiker etc. fördern.

Durch den Einsatz der Wissenschaftler wird er alle wichtigen Informationen in allen Lebensbereichen unter dem Licht der neuen Philosophie Einheit-Ganzheit auswerten und den Diensten der neuen Weltordnung anbieten lassen.

3.   DIE SICHERUNG DES LEBENS AUF DER ERDE

Mit dem Projekt „Sicherung des Lebens auf der Erde" wird der Weltstaat die Zerstörung der Mutter Natur beenden und das Menschenleben sichern.

Jedem Menschen wird das Bewusstsein vermittelt, dass die Existenz des einzigartigen Lebens auf der Erde von bestimmten Grundbedingungen abhängig ist.

Die Zerstörung der Mutter Natur, die das gemeinsame Zuhause aller Lebenwesen ist und die Grundlebensbedingungen Luft, Wasser, Boden innehat, wird in enger Zusammenarbeit von Volk und Staat gestoppt.

So werden die Luft, die Gewässer und der Boden nicht mehr vergiftet; somit wird endgültig gesichert sein, dass die auf dem Boden wachsenden Produkte keine gesundheitlichen Gefahren in sich bergen.

Der Weltstaat wird ein menschenwürdiges Leben für alle sichern:

Mit einem „Mindestlebensstandart" wird der Staat die Ursachen der Armut beseitigen, die die Menschheit seit tauseden Jahren nicht zur Besinnug kommen lässt. Vorrangig wird er alle Folgeerscheinungen der Armut in den Bereichen Ernährung, Wohnen, Gesundheit und Erziehung und Bildung in der Vergangenheit begraben.

Der Weltstaat wird sichern, dass sich jeder seiner Bürger menschenwürdig ernähren kann. Er beendet rasch die Gesundheitsprobleme aufgrund schlechter Lebensbedingungen wie Unterernährung, falscher Ernährung oder tägliches unzureichendes Auskommen.

Allen Menschen wird er Möglichkeiten für ein gesundes Leben schaffen.

Allen Bürgern wird er eine Wohnung, ein warmes Zuhause, ein warmes Bett ermöglichen.

Es wird kein Kind mehr auf der Erde geben, das keine Schule besuchen kann.

4. ERRICHTUNG DER NEUEN WELTORDNUNG

Der Weltstaat wird, unter Berücksichtigung der Empfindsamkeiten von der Übergangszeit beginnend, die neue Weltordnung errichten, welche sein Hauptziel und seine Hauptaufgabe ist.

Neben der Philosophie Einheit-Ganzheit und dem neuen Erziehungs- und Bildungssystem werden die Welt-Grundlebensregeln bei der Gründung der neuen Weltordnung als dritter Grundstein dienen.

Die Gründung der neuen Weltordnung wird mit der Erziehungs- und Bildungsmobilisation, gestartet: "Entfaltung von der Wiege bis zum Grab". Alle Lebensbereiche in der Welt werden unter diesen drei gigantisch großen Scheinwerfern neu beschrieben und gestaltet.

Die Gründungsaktivitäten der neuen Weltordnung werden gänzlich in Zusammenarbeit von Volk und Staat erfolgen.

Die regionalen, geografischen, kulturellen Eigenschaften, der religiöse Glaube, Sitten und Gebräuche werden ihre Berücksichtigung finden; alle Arten von Empfindsamkeiten und Unterschiedlichkeiten werden geachtet.

Die Aktivitäten in der Übergangszeit werden einerseits von einer empathischen, verständnisvollen und toleranten Einstellung und Verfahrensweise geprägt sein und andererseits mit fester Entschlossenheit, großer Sorgfalt und unerschütterlichem Selbstbewusstsein durchgeführt. Kein einziger Mensch, wird in keinster Weise aufgrund von irgendwelchen Fehlern in der Vergangenheit kritisiert, beleidigt oder verurteilt.

Ein paar Beispiele über Änderungen, die durch das neue System eingeführt werden:

AUFHEBUNG DES RECHTSSYSTEMS

Auf Grund dessen, dass die Philosophie Einheit-Ganzheit mit ihren ganzen Prinzipien und Werten von allen Menschen verinnerlicht wird, werden die Ursachen des Unrechttuns von sich selbst verschwinden. Niemand wird sich so verhalten, dass er das Leben eines anderen negativ beeinflussen könnte.

Weder einzelne Personen, noch die Gesellschaft, noch der Staat werden priviligierter sein als andere.

Das neue System wird keine Schuld und keine Täter produzieren. Die Wahrscheinlichkeit unrecht behandelt zu werden und das Bedürfnis, sich verteidigen zu müssen, wird von selbst verschwinden.

Die Unvereinbarkeit der in nationale Schablonen gedrückten Gesetze mit dem universellen Verstand und die Unmöglichkeit der Durchführbarkeit dieser Gesetze werden sich von selbst herausstellen.

Die Realität über das Überflüssigsein des bestehenden Rechtssystems, welches dem wahren Recht keinen Platz mehr in sich einräumen kann und seine Wirksamkeit gänzlich verloren hat, wird sich ebenso von selbt herausstellen.

Aus diesen Gründen wird das Rechtssystem aufgehoben.

Die neue Weltanschauung auf der Basis der Philosophie Einheit-Ganzheit wird das wahre Recht, die Gerechtigkeit und das für die ganze Menschheit gültige universelle Recht als eine Errungenschaft der Menschheit auf Ewigkeit, in sich bergen.

UNSCHLÜSSIGKEITSFÄLLE

In Unschlüssigkeitsfällen werden die Wegweiser und Mediatoren sich einschalten, die bei den Volksbetreuerzentren tätig sind. Diese Bediensteten werden die heutigen Gerichte ersetzen, jedoch werden sie niemanden verurteilen. Durch die gemeinsamen Beratungen werden die Themen, bei denen es Auslegungsbedarf gibt, auf der Basis der Prinzipien und Werte der Philosophie Einheit-Ganzheit und der neuen Regeln geklärt und wird in voller Zufriedenheit der Beteiligten eine Einigung erzielt.

REGELN STATT GESETZE

Die Parlamente der neuen Verwaltungseinheiten werden keine einseitigen Vorschriften als Gesetze verabschieden, bei denen bei eventueller Nichteinhaltung wiederum Strafgesetze angewandt werden. Sie werden „Grundregeln" entwickeln, die dem Menschenverstand und der neuen Lebensphilosophie Einheit-Ganzheit entsprechen, die aus den natürlichen menschlichen Bedürfnissen entstehen und von Einzelnen, der Gesellschaft und dem Staat eingehalten werden.

Die von Parlamenten für alle denkbaren Lebensverhältnisse entwickelten „Grundregeln" mit Schlüsselfunktion werden zahlenmäßig möglichst geringgehalten. Grundsätzlich werden sie in einer einfachen, von jeder verständlichen Sprache verfasst. Für alle, für Einzelne, für die Gesellschaft und für den Staat werden sie in Hauptsätzen und Sätzen mit dem Subjekt „ich" formuliert.

Die Bürger werden diese „Regeln" im Rahmen der zum Leben ausgerichteten natürlichen Lernprinzipien der Erziehung und Bildung in den Schulen, entsprechend ihres erlangten Verantwortungsbewusstseins wohlwollend und gerne verinnerlichen.

„Die Hauptregeln" werden sowohl in der Weltsprache als auch in den Muttersprachen aller Bürger oder in den regionalen Sprachen, die sie sprechen, zum Lernen angeboten.

Die Einzelheiten und Feinheiten werden sie im Rahmen ihrer persönlichen freien Meinung und entsprechend der Werte und Prinzipien der Philosophie Einheit-Ganzheit selbst bestimmen.

Falls es um die Einhaltung der Regeln für eine geplante Aktivität geht, beispielsweise die Regeln, die man beim Bauen eines eigenen Hauses einhalten sollte, die wir auch als Informationen bezeichnen, können sie diese Regeln bei den Dienstleistungsorganen, bei „Das Volk für das Volk", einfach und effizient erfahren.

AUFHEBUNG DER INSTITUTION MILITÄR

Mit der Verinnerlichung der Philosophie Einheit-Ganzheit seitens der Menschheit werden die Daseinsgründe vieler Institutionen und Einrichtungen, vieler Aktivitäten und praktische Durchführungen von sich aus verschwinden. Das wird auch die Institution Militär betreffen.

Da nun die angegebenen Gründe wie die Eroberung der Böden, der Quellen und der Werte, die den anderen gehören, durch den Druck unterschiedlicher Menschengruppen, Völker und Länder durch Gewaltanwendung von Mächtigeren oder durch Verteidigung eines Landes, eines Volkes gegen die Angriffe von anderen, nicht mehr existieren werden, wird es für die Beibehaltung des Militärs keinen Grund mehr geben.

Auf dieser Grundlage werden alle Militärorganisationen der Welt, nachdem sie alle Waffen, die sie besitzen –inklusive Atomwaffen- mit eigenen Händen vernichtet und im Müll entsorgt haben, aufgehoben. Somit wird der Militärapparat bis in die untersten Abteilungen beseitigt, und die Armeen werden aufgelöst.

DIE AUFHEBUNG DER ORGANISATION POLIZEI

Die Hauptaufgaben der Polizei, die Justiz insbesondere bei Ermittlung, Verfolgung, Festnahmen etc. zu unterstützen, werden aufgrund der Aufhebung des Rechtssystems überflüssig sein.

Der andere wichtige Aufgabenbereich der Polizei „Wegweisung" und „Betreuung" wird vom Fachpersonal der Volksinformationszentren und Volksberatungszentren übernommen.

Somit wird die Notwendigkeit einer Existenz der Polizei auch nicht mehr bestehen. Infolgedessen wird die Polizei abgeschafft.

SCHLIESSUNG DER GEFÄNGNISSE

Es wird für jeden, der die Philosophie Einheit-Ganzheit begriffen hat, klar sein, dass das neue System nicht auf Druck, Angst und Strafe, sondern auf gegenseitiges Verständnis, Achtung und Liebe gestützt ist.

Die Gründe dafür, dass Menschen wegen irgendwelcher Verhaltensweisen bestraft worden sind, wird es nicht mehr geben. Da die Ursachen der Schuld nicht mehr existieren werden, wird es automatisch auch die Strafen nicht mehr geben. Dadurch werden die Gefängnisse überflüssig. Aus dem Grund werden alle Gefängnisinsassen frei gelassen und die Gefängnisse geschlossen.

AUFHEBUNG DER NATIONALEN GRENZEN

Die Bürger des Weltstaates werden die Sinnlosigkeit der künstlichen Teilung der Mutter Natur rasch durchblicken. Und die Grenzen, die man seinerzeit zwischen ihren Staaten gezogen hat, gemeinsam aufheben.

Danach können die Bürger, wenn sie wollen, genau so als zögen sie von einem zu einem anderen Stadtteil um, ihre Wohnorte verlassen und in andere Gegend der Welt übersiedeln. Diese Bürger werden in ihrer neuen Heimat im Rahmen ihres eigenen Verantwortungsbewusstseins unter den einhei-

mischen Bürgern als natürlicher Teil dieser Gesellschaft wei-
terleben können.

AUFHEBUNG DER GEHEIMDIENSTORGANISATIONEN

Dass die neue Weltordnung auf die Philosophie Einheit-
Ganzheit gestützt wird und in der Welt nur ein Staat existiert,
wird deutlich zeigen, wie sinnlos, wie unlogisch und wie unnö-
tig es ist, über Andere geheime Informationen zu sammeln.

Die Daseinsgründe aller Geheimdienstorganisationen wird
es nicht mehr geben und diese Organisationen werden aufgehoben.

NEUGESTALTUNG ANDERER LEBENSBEREICHE

Bei der Errichtung der neuen Weltordnung und Gestaltung
aller Lebensbereiche, aller Sektoren, werden drei Faktoren
eine bestimmende Rolle spielen: Philosophie Einheit-Ganzheit,
das neue Erziehungs- und Bildungssystem und die Welt-
Grundlebensregeln inklusiv der Regeln, die von den neuen
Verwaltungseinheiten verabschiedet werden.

(*) Zu diesem Thema könnten Sie in "ANA" und "ANA-Eine
GIGA für alle" weiterlesen.

IV. WIE WIRD DER WELTSTAAT GEGRÜNDET

Initiativgruppen – Ich bin auch dabei

Menschen mit gesundem Verstand und Verantwortungsbewusstsein, insbesondere Jugendliche und Frauen, die
erkannt haben, wie bedroht das Leben auf unserer Erde durch
den WAHNSINN und das BITTERE ENDE ist, werden dies nicht
zulassen.

Sie werden in ihren Lebensorten "Initiativgruppen" bilden,
um zu verhindern, dass das Leben auf unserer Welt zu Ende

geht, welches als Folge des URKNALLS auf unserer Erde enstanden ist.

"Die Initiativgruppen" werden eine Kampagne starten, um den Menschen die Dimensionen der Gefahren zu erklären: **"Ich bin auch dabei!"**

Die Menschheit wird einen Dominostein-Effekt erleben! Während sich die "Initiativgruppen" von Region zu Region, von Land zu Land ausbreiten, werden die Menschen, insbesondere Jugendliche und Frauen massenweise an der Kampagne "Ich bin auch dabei" teilnehmen.

Die Initiatoren werden sich untereinander vernetzen und sich weltweit organisieren. Sie werden auf regionalen, nationalen und internationalen Ebenen ihre Vertreter wählen. Um keinen Fehler zu machen, werden sie jegliche Vorsichtsmaßnahmen treffen, dass eine sinnvolle friedliche und gesunde Kampagne, passend der Philosophie der Initiative, geführt werden kann.

GRÜNDUNGSPARLAMENT

Die Vertreter der Internationalen Initiativgruppen werden die Weltgesellschaft zur Bildung eines Gründungsparlamentes aufrufen, um den Weltstaat zu gründen, nachdem sie festgestellt haben, dass eine ausreichende Öffentlichkeit erreicht ist. Die Vertreter der Initiativgruppen auf nationaler Ebene werden mit ihren Regierungen über das Gründungsparlament Gespräche führen, um eventuelle Fragen zu klären

Die Regierungen der Nationalstaaten werden 'Vertreterwahlen' durchführen. Um an den Gründungsvorbereitungen des Weltstaates teilzunehmen, werden sich die gewählten Vertreter in einer Stadt der Welt treffen, die leicht erreichbar ist und für diesen Zweck gut geeignet ist.

Das Gründungsparlament wird als Hauptthema einen Entwurf ausarbeiten, der die "Welt-Grundlebensregeln", also das Grundgesetzt des Weltstaates, beinhaltet.

Am Ende der Vorbereitungsarbeiten wird das Gründungsparlament die Regierungen aller Staaten der Welt zu einer Aufklärungskampagne einladen.

AUFKLÄRUNGSKAMPAGNE

Alle Regierungen aller Nationalstaaten der Welt werden der Einladung des Gründungsparlamentes folgen und gemeinsam mit den Initiativgruppen in ihren Ländern eine gründliche Aufklärungskampagne starten.

Der Inhalt der Kampagne wird schwerpunktmäßig "Welt-Grundlebensregeln" sein. Im Hintergrund werden jedoch viele Informationsveranstaltung laufen, bei denen in erster Linie Philosophie Einheit-Ganzheit und vor allem die neue Weltordnung als Hauptthema behandelt werden.

Während der Aufkläungskampagne werden die Menschen einerseit bemüht sein, um die neuen Informationen zu verinnerlichen, andererseits werden sie auf alle ihre denkbaren Fragen Antworten finden. Ihre eventuellen Befürchtungen und Sorgen werden ihnen durch die konkreten Beispiele aus dem Alltag genommen.

Am Ende der Aufklärungskampagne wird in der ganzen Welt eine Bürgerbefragung durchgeführt, die nur ein einziges Thema beinhaltet: "Welt-Grundlebensregeln".

Das Gründungsparlament wird die Ergebnisse der Aufklärungskampagne und der Bürgerbefragung auswerten und in einem Protokoll festhalten.

WELT-VOLKSVERTRETERPARLAMENT

Das Gründungsparlament lädt die Präsidenten aller Staaten der Welt zur Gründung des Welt-Volksvertreterparlamentes ein. Als Anhang legt es das Ergebnisprotokoll der Bürgerbefragung bei.

Die Bürger aller Staaten wählen ihren Vertreter für das Welt-Volksvertreterparlament.

Die gewählten Vertereter treffen sich im Sitzungsort des Gründungsparlamentes und bilden das Welt- Volksvertreterparlament.

Das Parlament wählt die interne Führung und verabschiedet eine Satzung. Dann beschließt es die Welt-Grundlebensregeln, denen die Weltbevölkerung bereits zugestimmt hat. Somit bekommt die Menschheit zum ersten Mal in ihrer Geschichte die universellen "Welt-Grundlebensregeln", also das langersehnte "Welt-Grundgesetz".

DER ERSTE WELTSTAAT

Mit der Verabschiedung der Welt-Grundlebensregeln, durch das Welt- Volksvertreterparlament, wird der erste Weltstaat offiziell gegründet sein.

Daraufhin wählt das Parlament einen Staatspräsidenten und sechs Stellvertreter aus sechs Kontinenten.

Nach der Vervollständigung seiner Gründung sucht sich der Weltstaat einen Sitz, also eine Hauptstadt, in einem Land, in dem die schwierigsten Lebensbedingungen herrschen.

Er bringt seine Strukturen weltweit zum Abschluss und verschreibt sich dem Dienst der Menschheit. Mit dieser Auffassung, mit großer Freude nimmt er seine Arbeit auf.

Der Weltstaat wird Hand in Hand mit seinen Völkern den seit tausenden Jahren andauernden WAHNSINN beenden, das sich rasend nähernde "BITTERE ENDE" stoppen! Alle "Brände" löschen, die "Trümmer" entsorgen. Alle "Wunden" verbinden! Die "Hungrigen" sättigen!

Bald wird er die Mutter Natur in einen wahren gemeinsamen und wunderschönen Garten der Menschheit umwandeln! In diesem schönen Garten werden die Rosen nie mehr verwelken; in Gewässern werden die Fische nie mehr sterben! Niemand wird mehr leiden! Die Väter werden nie mehr töten! Die Mütter und die Kinder werden nie mehr weinen! Die Menschheit wird nur noch lächeln!

Der Frieden wird sich verewigen! Die Geschwisterschaft wird zur Realität werden! Das Glück wird in allen Ecken der Welt begrünend gedeihen!

Das menschenwürdige Leben wird wahr werden. Alles für alle schön werden! Alles wird in der ganzen Welt schön werden! Die Sonne wird für uns alle scheinen.